La paresse du Bouleau

Dans la même collection

Être ou ne pas Hêtre

Les Chaînes du Chêne

Sous le Charme

à paraître

Un si lointain Cyprès

Le Rire du Saule Pleureur

ISBN 979-10-93433-03-5
Loi N° 49-956 du 16 juillet 1949 sur les publications destinées à la jeunesse
Dépôt légal : 3e trim 2014

www.editionsdumercredi.com

Imprimé en Union Européenne par l'intermédiaire de www.alphabook.fr

administration - grève - rationalité
libéralisme - communisme - réussite
expérience - recherche - rigueur
personnel - manufacture - hausse
minutieux - laboratoire - machines
entrepreneur - auteurs - laborieux
bulletin de salaire - budget - marchés
compagnonnage - travail des enfants
agent - esclavage - légal - déclaré
agenda - rythme - augmentation
école - ordinateurs - économie
stratagème - travail d'orfèvre - objets
patrons - prévisions - finitions
manufacturé - corporation - objectifs
belle ouvrage - productivité - valeurs
collaborer - pièce unique - satisfaction
fins de mois - codes - meilleur ouvrier
mécanique - épanouissement - santé
accomplissement - management
culture - rentabilité - pénibilité
exploitation - finalité - sueur - exigence
communication - survie - domination
taylorisme - travail scolaire - façonner
droit de grève - transformation
endurance - heures supplémentaires

La paresse du Bouleau

Frédérique Elbaz
Illustrations La Wäwä

Collection Philoménale

les éditions du mercredi

113 8
33 14
1
berlin
london
6x3=?

Les contrôles de fin d'année approchaient : divisions, dictées, tables de multiplication, plus petit dénominateur commun, Henri IV et l'édit de Nantes, propositions subordonnées, si un train roule à 300 km à l'heure, combien de temps lui faudra-t-il pour aller de Caen à Bondoufle, adjectif épithète, capitales européennes, minuscules atomes…

Il était temps que Philomène se mette à réviser. Il y avait, de l'autre côté de la ville, une forêt calme et silencieuse où elle pourrait travailler tranquillement. Sans plus attendre, elle mit ses affaires de classe, sa boussole, ses livres et son dictionnaire dans le cartable. Elle vérifia qu'elle n'avait rien oublié et ferma la porte de sa chambre. Son chat toujours d'accord pour l'accompagner sauta d'un bond sur son épaule. Et ils partirent tous deux pour une escapade studieuse.

Par un temps estival, ils prirent le chemin des écoliers, petites ruelles et chemins de traverse. Le chat ronronnait, heureux de voir le monde à hauteur d'homme. Ça le changeait un peu des mollets poilus, des semelles de chaussures et des ourlets de pantalon. Il n'était pas du genre à passer ses journées à se prélasser sur un canapé ! Très fier de traverser la ville perché sur le dos de Philomène, il en profitait pour lui raconter des histoires de chats. Des histoires que sa mère lui avait racontées qui les tenait elle-même d'un fameux matou de sa connaissance.

Le chat et l'enfant arrivèrent à l'orée du bois. Ils s'arrêtèrent un instant, hésitant sur la direction à prendre.

– Marchons vers le soleil, proposa Philomène.

Le chat opina du chef. Ils avancèrent encore un peu pour s'installer dans une clairière baignée de lumière. Tout était si calme, si serein. Philomène allait pouvoir réviser bien tranquillement. Pendant ce temps son chat irait fureter dans les alentours. Elle disposa ses livres, ses cahiers et ses crayons autour d'elle. Par quoi commencer ? Histoire, géographie, français, math…

Elle se décida pour les sciences de la vie et de la terre. Le chapitre sur les arbres lui semblait de circonstances. Assise contre un bouleau, un arbre élancé au tronc blanc, elle se mit à lire à voix haute.

– Les arbres font partie du règne végétal. Indispensables à la vie sur terre, ils maintiennent l'humidité du sol, produisent de l'oxygène. Leurs racines permettent de filtrer l'eau. Grâce à la photosynthèse…

Un long long soupir interrompit Philomène dans sa lecture. Elle se retourna. Le bouleau la salua d'un bref mouvement de branches.

– Philomène, tu me fatigues, lui dit l'arbre.

– Bonjour le bouleau ! Pourquoi tu râles comme ça ?

– Tu crois que c'est vraiment la peine de me rabâcher que les arbres fabriquent ceci et produisent cela. Toute l'année, j'ai du boulot : des bourgeons, des feuilles, de la sève, des nouvelles racines, de la chlorophylle… Et j'en passe.

Philomène posa son livre pour écouter l'arbre. Le bouleau était excédé. Et bien décidé à le faire savoir. Travailler, travailler, encore travailler et toujours travailler… répétait-il à l'envi.

– Si tu savais comme je suis las… Faire pousser mes feuilles au printemps, les garder en été, les faire tomber en automne, faire des réserves en hiver. Tous les ans, c'est la même rengaine, il faut recommencer. J'en ai par-dessus les branches de faire le boulot.

– Tu aurais du mal à faire le sapin, ironisa Philomène.

– Très drôle. Je voudrais bien t'y voir à travailler comme ça. Un vrai boulot de dingue !

L'arbre confia à Philomène qu'il rêvait de vivre sur une plage de sable blanc au bord d'un océan tiède à passer ses journées au soleil toutes feuilles au vent. Il imaginait une brise légère rafraîchir ses branches aux heures les plus chaudes. Là-bas, il ferait toujours beau, toujours chaud. Le ciel serait toujours bleu. Si quelques nuages s'aventuraient au-dessus de ce paradis, les alizés se chargeraient bien vite de les éloigner.

– J'aurais tellement voulu être un de ces arbres qui se la coulent douce. Tu sais, le genre qu'on voit sur les cartes postales. Et je vis dans une forêt pleine d'arbres serrés comme des sardines en boite. Moi qui rêvais d'une vie paradisiaque, je n'ai vraiment rien d'un bouleau de rêve.

L'arbre se tut. Pendant un long moment, il resta songeur, perdu dans ses pensées. Quand des oiseaux se posèrent sur ses branches, il sursauta et sortit de sa rêverie.

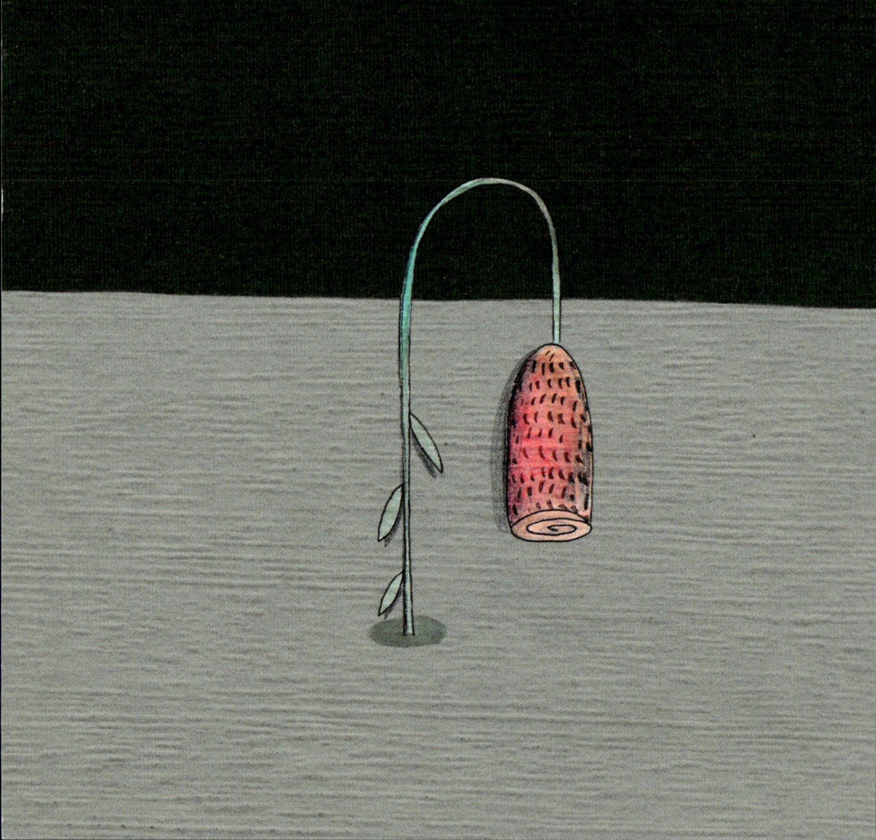

Le bouleau se tourna alors vers Philomène et lui dit.

– Je vais arrêter de fabriquer des feuilles, des nutriments. La sève, la chlorophylle, les jeunes pousses, les ceci et les cela, tout ça c'est fini… J'arrête ma production, j'arrête de travailler.

– Mais, tu as fini un peu de faire le sale bouleau !

– Philomène, comment peux-tu me parler comme ça ? Tu ne manques pas d'air !

– Et bien, si je ne manque pas d'air c'est justement grâce à toi qui fabriques de l'oxygène. Tu imagines que si tous les bouleaux du monde devenaient paresseux, les hommes ne pourraient plus respirer.

– Allons Philomène, tu exagères un peu.

Philomène disait vrai : sans le travail des arbres, la vie ne serait pas possible sur terre. Les oiseaux n'auraient nul endroit où se poser, le sol deviendrait aride, les écureuils ne pourraient plus s'abriter. Il n'y aurait plus de fruits. Sans oxygène, on ne pourrait plus respirer. Sans l'ombre des arbres, il régnerait une chaleur accablante. Les hommes n'auraient pas de bois pour construire des maisons ni faire du feu pour se réchauffer.

L'arbre s'obstinait.

– Il est inutile d'insister. C'est décidé, j'arrête. Les autres n'ont qu'à continuer. Je ne suis pas indispensable, objecta le bouleau.

– Bien sûr que si car tu fais partie du cycle de la vie. Les fleurs font du pollen, les abeilles butinent, le vent transporte les graines, les feuilles nourrissent le sol… Tout ça c'est un travail d'équipe où tout le monde a un rôle à jouer. Et tu en fais partie.

– Mais non, je ne suis pas si important que ça. Si j'arrête, on ne verra pas la différence. Je suis juste un petit bouleau…

Et en plus, l'arbre oubliait une chose importante. Au fil des ans, il avait acquis une grande et solide expérience. Il avait appris à faire du bon boulot et devait maintenant transmettre son savoir-faire aux plus jeunes : leur enseigner comment faire de la bonne sève, fabriquer des nutriments de qualité, produire une chlorophylle bien verte et du bois dur et solide.

– Tu dois montrer l'exemple. Tu vois ces petits bouleaux qui poussent là-bas, tu as plein de choses à leur apprendre. Comment veux-tu qu'ils deviennent de grands arbres si personne ne leur dit comment on fait ?

– Tu crois ?

– Bien sûr. Ils ont besoin d'un tuteur comme toi.

Le bouleau jeta un œil dans leur direction. Les jeunes arbres le regardaient avec admiration, espérant devenir un jour comme lui. Philomène renchérit.

– Tu es un modèle pour eux. Ils comptent sur toi, tu n'as pas le droit de les décevoir. Ce sont des bouleaux d'avenir.

Philomène expliqua au bouleau que les arbres n'étaient pas seulement utiles au bon fonctionnement du monde : ils l'embellissaient. Un monde sans arbre ni feuille serait si triste, si laid. Les bouleaux comme les chênes, les hêtres, les cyprès, les saules pleureurs ou les charmes travaillent aussi à rendre le monde plus beau. Le bouleau bomba le torse. Finalement, il se sentait fier d'être aussi utile.

– Au fond, tu as raison mais n'empêche que parfois j'ai envie de me rouler les pousses.

Il est difficile d'avoir de si lourdes responsabilités mais le monde compte sur les arbres. Et puis, il n'y a pas que les végétaux qui ont du boulot. Les êtres humains aussi doivent travailler. D'abord pour subvenir à leurs besoins. Il n'est pas possible de vivre d'amour et d'eau fraîche : l'Homme ne trouve pas dans la nature tout ce qui lui est nécessaire pour vivre comme les maisons, les vêtements, les outils, les médicaments, les livres… les humains doivent sans cesse penser, fabriquer, construire et améliorer le monde dans lequel ils vivent. Un véritable travail de fourmi !

– Et toi, tu sais dans quelle branche tu veux être plus tard ? demanda le bouleau.

Philomène le savait. Elle avait envie d'écrire des livres.

– Écrire des livres ? Être assise derrière un ordinateur à inventer des histoires, c'est un travail ça ?

– Oui monsieur, c'est un travail.

Tout comme peindre des tableaux, sculpter des visages, composer de la musique, jouer des symphonies, dessiner des paysages…

– Mais ça sert à quoi ?

– À exprimer la beauté du monde, répondit-elle.

Le bouleau était sceptique.

– Tu ne vas pas me faire croire que les humains travaillent pour le plaisir quand même !

Par le travail, les humains ne transforment pas que le monde, ils se transforment aussi eux-même pour devenir meilleurs.

– Ah, c'est philoménal ! conclut le bouleau.

Pour l'heure le travail de Philomène était celui d'une écolière. Elle avait appris à lire une lettre, puis une autre, puis l'alphabet. Au début ça n'avait l'air de rien, toutes ces petites lettres qui s'assemblaient pour former

des mots, puis des lignes, puis des pages et, enfin, des textes. Mais elle avait compris que dans les livres, c'étaient les mystères du monde qu'elle apprenait à déchiffrer. Et ce sera le travail de toute une vie.

Citations

C'est le rôle essentiel du professeur d'éveiller la joie de travailler et de connaître.
Albert Einstein

Le génie commence les beaux ouvrages, mais le travail les achève.
Joseph Joubert

Mais le père fut sage
De leur montrer, avant sa mort,
Que le travail est un trésor.
Le Laboureur et ses Enfants, Jean de la Fontaine

Le travail est l'aliment des âmes nobles
Sénèque

Le travail, c'est la santé.
Ne rien faire, c'est la conserver.
Henri Salvador

Le travail éloigne de nous trois grands maux :
l'ennui, le vice et le besoin.
Voltaire

La vie fleurit par le travail.
Arthur Rimbaud

Gagner sa vie ne vaut pas le coup, attendu qu'on l'a déjà. Le boulot y en a pas beaucoup, faut le laisser à ceux qui aiment ça.
Coluche

Les douze travaux d'Hercule
1. Vaincre le lion de Némée
2. Tuer l'hydre de Lerne
3. Battre à la course la biche de Cérynie
4. Capturer le sanglier d'Érymanthe
5. Nettoyer les écuries d'Augias
6. Abattre les oiseaux du lac Stymphale
7. Capturer le taureau crétois
8. Capturer les cavales de Diomède
9. Rapporter la ceinture d'Hippolyte
10. Voler les bœufs de Géryon
11. Cueillir les pommes d'or du jardin des Hespérides
12. Enchaîner Cerbère
Mythologie grecque

Retrouvez les autres livres

Et suivez les aventures de

e la collection Philoménale.

Philomène et de son chat.

DIRECTION ARTISTIQUE D'OUVRAGE : VINCENT ABITANE - STUDIO PRÉPRESSE
WWW.STUDIO-PREPRESSE.COM

métier - vocation - contraintes - job
paresse - labeur - oisiveté - horaires
boulot - occupation - débordé
harassé - vacances - performance
repos - occupation - fonction - équipe
production - emploi - recherche
ouvrage - besogne - œuvre - activité
métier - recherche - facture - exercice
place - effort - carrière - chef
usine - profession - tâche - chômage
retraite - gages - affaire - façon
chef d'œuvre - spécialiste - bureau
l'art et la manière - motivation
subordonné - travail à la chaîne
récompense - sieste - talent - mérite
médaille - jour ouvré - travail d'équipe
salaire - argent - mondialisation
rétribution - solidarité - droit du travail
égalité au travail - santé - manuel
intellectuel - parité - pause - intérêt
travailleurs - ouvriers - ouvrières
syndicats - salariés - ardeur - pointeuse
capital - entreprise - procrastination
discipline - organisation - langage
jargon - risque - cadre - échec